Analyse d'œuvre

Rédigé par Harmony Vanderborght

Œdipe roi

de Sophocle

Profil Littéraire

SOPHOCLE

- Né vers 495 av. J.-C. à Colone (faubourg d'Athènes)
- Mort vers 406 av. J.-C. à Athènes (Grèce)
- **Quelques-unes de ses œuvres :**
  - *Ajax* (vers 450 av. J.-C.)
  - *Antigone* (vers 442 av. J.-C.)
  - *Électre* (vers 425 av. J.-C.)

Sophocle est l'un des principaux représentants de la tragédie grecque. Il est l'auteur d'une œuvre monumentale dont il ne nous reste aujourd'hui que quelques pièces complètes, lesquelles témoignent cependant d'un remarquable talent. Il apporte à ce genre dramatique des innovations majeures. C'est ainsi qu'il rompt avec la traditionnelle trilogie (qui voulait que chaque pièce soit liée à deux autres), qu'il permet l'apparition d'un troisième acteur sur scène et qu'il modifie la taille et la place du chœur dans la pièce. Son œuvre étant appréciée de tous, il est récompensé de son vivant par une série de prix prestigieux.

ŒDIPE ROI

- **Genre :** tragédie antique
- **1ʳᵉ édition :** date incertaine, après 430 av. J.-C.
- **Édition de référence :** *Œdipe roi*, Paris, Le Livre de Poche, 1994.
- **Personnages principaux :**
  - Œdipe, roi de Thèbes
  - Jocaste, reine de Thèbes, veuve de Laïos, mère et épouse d'Œdipe
  - Créon, frère de Jocaste et beau-frère d'Œdipe
- **Thématiques principales :** l'homme et son destin tragique ; l'homme et la force divine ; la vue et la lumière, la cécité et l'ombre ; la vie et la mort ; l'errance

Œdipe, descendant de la famille des Labdacides, est une figure incontournable de la mythologie grecque qui s'est transmise oralement à travers des générations. Les spectateurs connaissent déjà ces histoires qui font intégralement partie de leur culture.

Avec son intrigue plus aboutie, *Œdipe roi* est l'une des œuvres les plus prestigieuses de Sophocle parmi les textes que nous lui connaissons, et peut-être même de la tragédie grecque. La pièce nous permet d'apprécier un épisode central dans la vie de celui qui sauva la ville de Thèbes d'une malédiction avant d'être lui-même victime de son destin tragique. Œdipe découvre qu'il a tué son père et qu'il a épousé sa propre mère.

Cette tragédie, éminemment moderne par son intemporalité, sera fréquemment réadaptée et revisitée à travers les siècles et jusqu'à aujourd'hui.

LA VIE DE SOPHOCLE

Buste de Sophocle, copie romaine d'un original grec du IIIe siècle av. J.-C.

UN CITOYEN EXEMPLAIRE

Sophocle naît vers 495 av. J.-C. dans le dème (division administrative) de Colone, non loin d'Athènes. Sa famille est assez fortunée, sans toutefois appartenir à la noblesse. Sophillos, son père, est artisan et propriétaire d'ateliers destinés à la fabrication d'armes. Sophocle reçoit une excellente éducation : il se distingue dans plusieurs disciplines dont la gymnastique, et apprend la musique avec Lampros, un célèbre musicien de l'époque. Dès son plus jeune âge, il s'intéresse aussi au théâtre. En 480, il dirige le chœur qui chante le *péan* (hymne de louange, d'espoir ou de victoire) après la bataille de Salamine. Il abandonne très tôt la fonction d'acteur pour se consacrer entièrement à la dramaturgie.

Sophocle participe activement à la vie politique d'Athènes. En 443, il est désigné *héllénotame* (administrateur du trésor de la ligue de Délos, pour une durée de quatre ans) ; il est aussi nommé stratège autour de 440 durant l'expédition de Samos (île grecque) contre Athènes, dirigée par son ami Périclès (stratège et homme politique, vers 495-429 av. J.-C.), puis en 415 à Syracuse en Sicile (Italie). En 411, il devient *proboule* (commissaire du Conseil, élu par les citoyens ; il s'attache aux questions de politique économique et militaire).

Les citoyens athéniens qui côtoient Sophocle apprécient sa beauté, son esprit et surtout son caractère raisonnable. Il est connu comme un homme fortuné. Phrynichos le Comique (poète comique athénien, Ve siècle av. J.-C.) lui rend ainsi hommage dans sa pièce *Les Muses* (405 av. J.-C.) : « Heureux Sophocle ! Il est mort après une longue vie. Il a eu chance et talent. Il a fait quantité de belles tragédies et il a obtenu une belle fin sans avoir jamais subi aucun malheur. » Vivre si longtemps lui a d'ailleurs permis d'assister aux grands événements de son siècle, à la puissance d'Athènes et à son affaiblissement après la défaite de la ville contre Sparte.

UNE ŒUVRE FOISONNANTE

Sophocle est, aux côtés d'Eschyle (525-456 av. J.-C.) et d'Euripide (480-406 av. J.-C.), l'un des plus grands auteurs de tragédies grecques classiques. En 468, il remporte la victoire au concours des Grandes Dionysies (fêtes annuelles données en l'honneur du dieu Dionysos), face à Eschyle, avec la représentation de son *Triptolème*.

On estime à 123 le nombre de pièces que le dramaturge aurait laissées derrière lui. Seules sept nous sont parvenues. Pour celles-ci, c'est dans la lignée du cycle troyen (*Ajax*,

Électre, Philoctète) et du cycle thébain (*Antigone, Œdipe roi* et *Œdipe à Colone*), ensembles d'épopées reprenant de grandes légendes orales, que le dramaturge puise son inspiration. Il subsiste également de lui un drame satyrique fragmentaire (*Les Limiers*, avant 440 av. J.-C.).

BON À SAVOIR

Le drame satyrique est un genre littéraire et théâtral qui se distingue de la tragédie grecque par le fait qu'il représente des satyres, des créatures issues de la mythologie grecque. *Les Limiers* de Sophocle porte sur Hermès, le messager des dieux.

- ***Ajax*** (vers 450 av. J.-C.). Mécontent de n'avoir pas reçu les armes de son ami Achille décédé, Ajax décide de se venger. Plongé dans un élan de folie par la déesse Athéna, il massacre un troupeau de bêtes en pensant assassiner Ulysse, à qui les instruments de combat ont été remis. Lorsqu'il retrouve la raison, honteux, il souhaite mettre fin à ses jours. Malgré les tentatives de sa femme et de ses proches pour le secourir, il se suicide par l'épée. Le cadavre d'Ajax est retrouvé ; Teucros et Agamemnon se querellent à propos de ses funérailles.
- ***Antigone*** (vers 442 av. J.-C.). Créon, tyran à Thèbes, refuse d'offrir des honneurs funèbres à Polynice qui a combattu contre son propre pays. Sa sœur, Antigone, s'oppose à cette décision, qu'elle considère injuste, et se retrouve condamnée à mort pour avoir enfreint la loi. Après avoir entendu les implorations de son fils Hémon, fiancé

d'Antigone, Créon finit par céder face aux réprimandes du devin Tirésias. Mais il est à présent trop tard : la jeune fille s'est pendue dans sa prison. Hémon la rejoint en se transperçant de son épée. Peu après, Créon apprend que son épouse, Eurydice, s'est elle aussi donné la mort. La pièce se clôt sur l'image de cet homme bouleversé par tout ce qu'il a provoqué.

- **Électre** (vers 425 av. J.-C.). Oreste revient à Mycènes pour venger le meurtre d'Agamemnon, son père. Il souhaite tuer la coupable, sa mère Clytemnestre. Dans un premier temps, il répand la rumeur de sa propre mort. Mais sa sœur Électre est inconsolable ; il se fait alors reconnaître d'elle. Cette dernière le pousse à accomplir son geste funeste. La tragédie se termine tandis qu'il s'apprête à supprimer également Égisthe, amant de Clytemnestre. Sophocle reprend ici, mais de manière différente, le sujet traité plus tôt par Eschyle dans les *Choéphores* (458 av. J.-C.) ; Euripide à son tour proposera sa version de cet épisode mythologique.

- **Les Trachiniennes** (entre 420 et 410 av. J.-C.). Déjanire est préoccupée au sujet de son époux, Héraclès, absent depuis des mois. On rapporte qu'Héraclès est parti assiéger la cité d'Eurytos, roi d'Œchalie. Le héros est sur le chemin du retour et ramène des prisonniers, parmi lesquels se trouve la jeune Iole, dont il s'est épris, et en qui Déjanire perçoit une menace. Dévorée de jalousie, elle envoie à son époux une tunique imbibée de ce qu'elle croit être un philtre d'amour, mais qui se révèle être un poison. Désespérée, Déjanire se suicide.

- **Philoctète** (vers 409 av. J.-C.). Ulysse et Néoptolème partent à la recherche de l'arc et des flèches du guerrier

Philoctète, indispensables à la victoire des Grecs sur
Troie. Ce dernier avait été abandonné sur l'île de Lemnos,
après avoir été blessé sur le champ de bataille. Philoctète
s'oppose catégoriquement à les rejoindre, jusqu'à ce
qu'Héraclès, son ami, apparaisse pour le pousser à quit-
ter l'île.

- ***Œdipe à Colone*** (vers 401 av. J.-C.). À la fin de sa vie,
  Œdipe, devenu aveugle et exilé de Thèbes, arrive au bourg
  de Colone, en Attique, accompagné par sa fille Antigone.
  Ils arrivent dans le bois des Euménides. Œdipe demande
  asile à Thésée, le roi d'Athènes ; en contrepartie, son
  corps sera un gage de protection pour le pays, comme
  l'a annoncé un oracle. Créon et Polynice, engagés dans
  une guerre fratricide, tentent de venir rechercher Œdipe,
  mais ce dernier, désireux de rester loin de toute politique,
  s'engouffre dans le bois sacré. Sa mort mystérieuse est
  alors racontée par un messager.

DES APPORTS REMARQUABLES

Sophocle s'autorise quelques libertés qui constituent en
réalité des innovations majeures dans la construction de la
tragédie grecque classique.

Depuis Eschyle, outre les figurants muets, les acteurs, toujours des citoyens masculins, étaient au nombre de deux. Ils
incarnaient donc chacun plusieurs rôles lors d'une même
représentation. Sophocle introduit un troisième acteur
sur scène. Le chœur s'agrandit lui aussi : de 12, il passe à
15 choreutes. De ce fait, le dialogue devient plus dynamique
et occupe une plus large place, tandis que les chants se

raccourcissent. Aussi le chœur, intervenant à part entière, devient-il plus discret, cependant que le coryphée (le chef de chœur) est amené à prendre davantage la parole. La psychologie des personnages est quant à elle plus travaillée.

Par ailleurs, il semble que Sophocle soit à l'origine des décors peints en arrière-plan et d'une toile de fond. Avant lui, la scène était décorée de manière très rudimentaire : on s'y contentait des fondations principales et d'échafaudages de bois. Enfin, les pièces ne sont plus nécessairement imbriquées au sein d'une trilogie liée : chaque tragédie peut être envisagée de manière autonome (tragédie libre).

RÉSUMÉ D'*ŒDIPE ROI*

L'action se situe dans la ville grecque de Thèbes. La population est malade, les troupeaux sont décimés, les femmes ne portent plus que des enfants mort-nés. Devant le palais du roi Œdipe, le peuple et le prêtre de Zeus supplient de trouver la raison de cette malédiction qui s'est abattue sur la cité. Créon, le frère de la reine Jocaste, consulte l'oracle d'Apollon à Delphes. Ce dernier lui répond qu'il faut se débarrasser de la « souillure criminelle » (p. 10-11) qui se trouve encore à Thèbes, que le coupable doit être puni. En effet, le roi Laïos, qui régnait sur Thèbes avant l'arrivée d'Œdipe, était parti pour un pèlerinage et n'en est jamais revenu ; un témoin affirmait qu'il avait été attaqué sur sa route par des brigands. Depuis, le mystère de sa mort n'a jamais été élucidé. Œdipe décide alors de tout mettre en œuvre pour retrouver l'assassin de son prédécesseur, afin d'enrayer le fléau qui pèse sur la ville.

Sur le conseil du chef de chœur, le coryphée, Œdipe consulte le devin aveugle Tirésias. Apeuré par la terrible vérité que lui impose son don de clairvoyance, Tirésias hésite et demande à rentrer chez lui, mais Œdipe se fâche et force le vieillard à parler. Celui-ci finit par l'avouer : il pense qu'Œdipe en personne est l'assassin qu'il recherche. Ce dernier est fou de rage et éconduit Tirésias, dont il juge les propos délirants et qu'il soupçonne de comploter avec Créon. En se retirant, le devin annonce ce qu'il va advenir et ce qu'il sait d'Œdipe :

> « Car il sera aveugle, lui, dont les yeux sont ouverts ; il mendiera, lui, qui est dans l'opulence ; vers le sol étranger,

tâtonnant devant lui avec son bâton, il ira cheminant. On découvrira qu'il a près de lui des enfants dont il est tout ensemble le frère et le père ; que la femme dont il est né, lui, le fils, il est aussi l'époux ; qu'il a ensemencé le même sillon que son père ; et qu'il est son meurtrier. » (p. 32)

Le chœur s'interroge sur l'identité du criminel désigné par Tirésias.

Créon s'entretient avec le coryphée ; il est offensé d'apprendre qu'Œdipe l'accuse du meurtre de Laïos. Le roi entre et cherche à faire avouer à son beau-frère qu'il est de connivence avec le devin. Au moment où Œdipe émet sa volonté de tuer Créon, la reine Jocaste entre en scène. Elle tente de raisonner son mari en lui parlant de l'inexactitude de certaines prophéties : autrefois, un oracle lui avait annoncé que son défunt mari devait être tué de la main d'un enfant qui naîtrait d'elle. Craignant son terrible destin, le roi avait laissé à des inconnus dans un désert l'enfant né peu après. Aujourd'hui, on raconte que Laïos a été tué par des étrangers. Jocaste est donc formelle : rien de tout ce qui avait été prédit ne s'est produit.

Œdipe est toutefois envahi par le doute et se renseigne sur les circonstances de la mort de Laïos, ainsi que sur l'apparence de celui-ci. Le héros comprend qu'il pourrait être le régicide. En effet, croyant autrefois être le fils de Polybe (roi de Corinthe), il fut appelé durant sa jeunesse « enfant supposé » par un homme ivre ; troublé par ces paroles, il partit à Delphes pour interroger l'oracle. Sur sa route, il se querella avec des hommes et finit par les tuer tous...

Décidé à en avoir le cœur net, Œdipe exige alors qu'on appelle le valet rescapé du massacre qui commence à raconter sa propre version du récit.

Un messager arrive et annonce la mort de Polybe, qu'Œdipe prend toujours pour son père naturel. Avec son épouse, ils se rassurent du fait qu'il ne pourra jamais commettre de parricide. Il conserve tout de même la crainte de l'inceste car Mérope, la femme de Polybe, est toujours en vie. Croyant apaiser Œdipe au sujet de sa destinée, le messager lui apprend que Polybe et Mérope n'étaient pas ses vrais parents : Œdipe, nourrisson, leur avait été remis, par l'intermédiaire du messager, par un berger serviteur de Laïos. Jocaste supplie Œdipe d'arrêter là son enquête, mais il est désormais décidé à connaître la vérité. Elle retourne précipitamment dans le palais. Œdipe parvient à rencontrer le berger et lui fait admettre que c'est bien le fils de Laïos qu'il a remis aux mains du messager, celui-ci ayant lui-même confié l'enfant à sa famille adoptive. Terrifiée par l'oracle, Jocaste l'avait à l'époque fait emporter loin de la ville. Œdipe en est désormais certain : il est bien le coupable qu'il recherchait depuis le début, il a tué son père et épousé sa mère.

Un valet vient raconter l'affreuse scène qui vient de se produire dans le palais. La reine s'est pendue et, à son tour, Œdipe s'est crevé les yeux. Ce dernier revient sur scène, aveugle et le visage couvert de sang. Enfin, il implore Créon de le jeter dehors. Le roi est banni, mais il est autorisé à s'entretenir une dernière fois avec Antigone et Ismène, les deux filles nées de sa relation incestueuse avec Jocaste.

L'ŒUVRE EN CONTEXTE

LE CONTEXTE HISTORIQUE

Au VIe siècle av. J.-C., plusieurs types de gouvernements se succèdent : un système aristocratique laisse place à la tyrannie de Pisistrate de 561 à 528 av. J.-C. Un peu avant la naissance de Sophocle, en 510 av. J.-C., les citoyens d'Athènes chassent les deux fils du tyran. L'aristocratie peine à retrouver son pouvoir, le peuple grec se révolte et développe avec Clisthène (homme d'État athénien, VIe siècle av. J.-C.) un système plus démocratique.

Au Ve siècle av. J.-C., Athènes s'engage dans les guerres médiques avec les autres cités grecques contre les Perses (bataille de Marathon en 490, bataille de Salamine en 480, bataille de Platées en 479). Grâce à la renommée acquise par la cité dans les combats, on assiste ensuite à une fabuleuse expansion du pouvoir athénien, sous l'impulsion de Périclès, qui va se prolonger durant tout le règne de ce dernier.

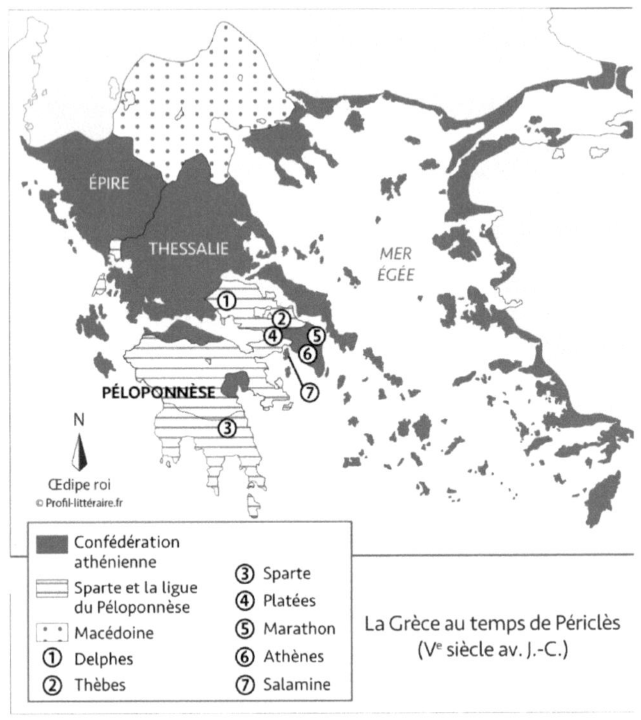

La Grèce au temps de Périclès
(Ve siècle av. J.-C.)

Enfin, la fin de la guerre du Péloponnèse (431-404 av. J.-C.) voit triompher Sparte et met fin à l'hégémonie athénienne sur le monde grec. Au IVe siècle, le pouvoir d'Athènes se trouve alors fortement réduit face à celui de Sparte, mais aussi face à celui de Thèbes, et enfin totalement anéanti devant la Macédoine. Sophocle est un témoin privilégié de tous les bouleversements politiques successifs, et son œuvre s'en trouve fort marquée.

LA LITTÉRATURE GRECQUE DURANT L'ANTIQUITÉ

Avant le Vᵉ siècle : la genèse des Lettres grecques

Les premières poésies grecques dont nous disposons sont celles d'Homère (aède grec, probablement VIIIᵉ siècle av. J.-C.). *L'Iliade* et *L'Odyssée* sont des épopées qui relatent des épisodes de la guerre de Troie. Leur grande qualité laisse supposer qu'une large tradition poétique orale a précédé ces chefs-d'œuvre de la littérature grecque. La poésie d'Hésiode (VIIIᵉ siècle av. J.-C.) est quant à elle teintée d'une dimension didactique.

Aux VIIᵉ et VIᵉ siècles, la poésie lyrique (dont Pindare – vers 522-441 av. J.-C. – est l'un des plus illustres représentants) se substitue doucement aux épopées. Celles-ci constituaient jusqu'alors, avec leur matière épique, un genre littéraire majeur ; il ne disparaît toutefois pas et prendra d'ailleurs diverses formes au fil des âges (il évoluera ainsi vers la chanson de geste au Moyen Âge). Ce n'est qu'en -450 qu'apparaît la prose en Grèce ancienne avec le développement du genre historique, notamment avec le brillant historien Hérodote (vers 484-420 av. J.-C.) qui relate la bataille de Salamine.

L'époque classique (Vᵉ et IVᵉ siècles av. J.-C.)

Au Vᵉ siècle, aussi appelé « le siècle de Périclès », débute un véritable âge d'or de la littérature grecque. En effet, le rayonnement d'Athènes permet un développement littéraire et culturel inédit. Ainsi, l'essentiel des œuvres est produit par des écrivains athéniens. Des concours de tragédies sont même organisés sous le régime de Pisistrate. L'implication politique des auteurs se ressent dans leurs œuvres : Eschyle évoque, dans les *Euménides*, le tribunal qu'est l'Aréopage ; Euripide passe en revue les avantages et les inconvénients de la démocratie dans *Les Suppliantes* ; enfin, Sophocle célèbre la gloire d'Athènes dans son *Œdipe à Colone*.

La rationalisation est l'une des nouvelles préoccupations de la littérature : ainsi, les écrivains cherchent à formuler des réflexions générales sur la condition humaine, lesquelles nous permettent aussi de comprendre, via les arguments utilisés par l'auteur pour gagner l'adhésion du public, quelles étaient les valeurs de l'époque.

Le théâtre se développe et livre alors certains de ses plus beaux monuments. On voit naître le dithyrambe, hymne chanté par un chœur en l'honneur de Dionysos. Le drame apparaît ensuite aux alentours de 450 av. J.-C. grâce à un certain Thespis (poète et dramaturge grec, vers le VIe siècle av. J.-C.), qui sépare le chant des choreutes des tirades d'un personnage central. Les drames satyriques, organisés en l'honneur de Dionysos, se développent également.

Eschyle est le premier grand poète tragique grec. Il laisse derrière lui sept grandes œuvres, qui s'intègrent dans des trilogies ou dans des tétralogies (*Les Suppliantes*, *Les Perses*, *Sept contre Thèbes*, *Prométhée enchaîné*, *Agamemnon*, les *Choéphores* et les *Euménides*). La dimension dramatique se situe à la fois dans l'action choisie et dans les émotions représentées. Eschyle décide de mettre en scène deux acteurs au lieu d'un, ce qui permet à présent un dialogue indépendant du chœur. Sophocle, comme nous l'avons vu, apporte à son tour de grandes innovations à la tragédie, notamment au niveau de la forme. Enfin, Euripide nous a laissé 17 tragédies, parmi lesquelles *Alceste*, *Médée*, *Hippolyte* et *Andromaque*. Si la forme de ses tragédies n'est pas spécialement innovante, l'auteur se plonge plus profondément dans la psychologie des personnages que ses prédécesseurs. Les trois tragiques grecs empruntent régulièrement leurs personnages dans de grandes familles issues de la mythologie grecque (les Atrides, les Labdacides, etc.), et dans une série de légendes propres à une cité (le cycle thébain à Thèbes, le cycle héraclitéen à Sparte, le cycle troyen par rapport à la guerre de Troie, etc.).

La comédie grecque apparaît dès le Ve siècle, mais l'œuvre d'Aristophane (poète grec, vers 445-vers 380 av. J.-C.) est la seule trace que nous en avons gardée. Ce genre de comédie est grotesque et renferme généralement des critiques politiques assez virulentes.

L'Histoire et la littérature sont alors étroitement liées, et s'influencent mutuellement. Les historiens (Thucydide, vers 460 av. J.-C.-vers 395 av. J.-C. ; Xénophon, vers 430-vers 355 av. J.-C.), héritiers d'Hérodote, développent un certain sens critique.

C'est aussi à cette époque qu'éclosent les grands génies de la philosophie grecque : Socrate (469-399 av. J.-C.), Platon (428-348 av. J.-C.) et Aristote (384-322 av. J.-C.).

Enfin, quelques célèbres orateurs et logographes bâtissent les règles de l'éloquence : on parle généralement des orateurs attiques (Lysias, vers 450-vers 380 av. J.-C. ; Andocide,

440-390 av. J.-C. ; Isocrate, 436-338 av. J.-C. ; Démosthène, 384-322 av. J.-C.).

La période hellénistique (fin du IVe siècle-IIe siècle av. J.-C.)

À partir de la fin du IVe siècle, la ville d'Alexandrie devient un grand centre culturel. La poésie se décline en une série de genres : l'épopée, le poème didactique, l'élégie, l'épigramme et l'hymne. La poésie bucolique connaît un véritable succès (notamment avec Théocrite, 315-250 av. J.-C.). Du côté de la prose, les travaux scientifiques et d'érudition sont en plein essor. Le texte de récit ou de fiction (le terme « roman » ne lui sera attribué que plus tard) fait également son apparition, mais les premières traces dont nous disposons sont plus tardives (IIe siècle de notre ère).

LA MISE EN SCÈNE AU TEMPS DE SOPHOCLE

Au Ve siècle av. J.-C., la tragédie grecque est à son apogée. Elle est liée au culte de Dionysos : on consacre à celui-ci de grandes fêtes au cours desquelles les représentations qui ont lieu constituent un événement incontournable de la vie athénienne sur les plans religieux, culturel, littéraire et social. L'ensemble des citoyens, toutes classes sociales confondues, y est en effet convié.

Le théâtre lui-même, à ciel ouvert, se présente sous la forme d'un demi-cercle. Les spectateurs prennent place dans les gradins en bois, apportant des coussins et de la nourriture. On distingue deux parties de la scène : en bas, sur l'*orchestra*, le chœur se déplace autour de l'autel de Dionysos, chantant et dansant dans un sens puis dans l'autre, selon qu'il joue la strophe ou l'antistrophe (parties de la pièce qui se font écho par leur structure et leur contenu). Plus haut, les acteurs se meuvent sur une estrade. Derrière eux, les coulisses donnent sur la scène via une porte centrale et deux portes latérales, qui permettent respectivement l'arrivée des acteurs principaux et des figurants. Choreutes et tragédiens sont drapés de vêtements amples et portent des masques qui contribuent à faire résonner la voix. Les personnages, qu'ils soient masculins ou féminins, sont toujours interprétés par des hommes.

ANALYSE DES PERSONNAGES

ŒDIPE

Œdipe (dont le nom signifie « pieds enflés », « pieds gonflés », parce qu'au moment de son abandon, on lui a percé les chevilles pour le transporter à travers la montagne) est le fils de Laïos et de Jocaste. Personnage principal de l'intrigue, il est présent durant toute la pièce. Fougueux et trop curieux, il cherche désespérément à connaître la vérité sur son histoire. Il pense n'avoir aucun contrôle sur son destin tragique.

Quittant volontairement Corinthe et Polybe, en raison d'un oracle delphien selon lequel il est destiné à tuer son père, Œdipe se met en route vers Thèbes. Sur son chemin, il assassine plusieurs voyageurs l'ayant insulté, parmi lesquels, sans qu'il ne le sache, se trouve son vrai père. Il résout ensuite l'énigme de la Sphinge, créature emblématique et terrifiante (que Sophocle aborde à peine dans ce texte) et libère de cette manière la ville de Thèbes qui vivait dans la crainte du monstre. Il est alors élevé en monarque par le peuple et il peut épouser la veuve du roi défunt, Jocaste, sa propre mère. Ils vivent heureux durant plusieurs années, jusqu'à ce qu'éclate une épidémie de peste qui ravage la ville. Œdipe, très inquiet, envoie son beau-frère à Delphes interroger l'oracle, qui répond que le fléau disparaîtra lorsque la mort de Laïos sera vengée. Œdipe enquête sérieusement sur cette mort, mais refuse de croire les révélations du sage Tirésias sur l'identité de l'auteur du régicide. Lorsqu'il saisit la vérité, il décide de se crever les yeux et s'exile.

Dans cette pièce, la chute d'Œdipe est considérable : d'abord souverain orgueilleux et aimé par les Thébains (« Voyez : je viens en personne, moi, dont la gloire et le nom sont dans toutes les bouches, Œdipe ! » s'exclame-t-il, p. 7), il devient, à cause de ses erreurs passées, un criminel honni et se retrouve expulsé de la cité.

S'éloignant de la tradition qui met en scène des hommes guidés par les volontés des dieux, Sophocle imagine un personnage qui se présente comme un homme libre : c'est lui-même qui, au début de la pièce, se résout à s'expatrier de Corinthe et qui, pris de colère, massacre plusieurs personnes.

Il est intéressant de constater que les avis divergent quant à la figure du héros à la fin du récit, et donc quant à l'évolution psychologique du personnage. Certains affirment que le roi malheureux du dénouement n'est plus le même homme que le jeune individu fougueux qu'il était, et dont on relate les actions. Ce premier point de vue considère qu'Œdipe, conscient de ses erreurs, se résigne et les accepte : il se crèverait les yeux afin de se délivrer de la malédiction qui pèse sur lui. Toutefois, l'interprétation de cette scène se rapproche davantage de l'idée de rédemption judéo-chrétienne, qui sortirait peut-être l'œuvre de son contexte.

Pour d'autres en revanche, Œdipe n'assume jamais sa responsabilité ni sa culpabilité, et son opiniâtreté le conduit toujours vers d'autres malheurs, comme c'est le cas dans *Œdipe à Colone*, dans laquelle les malédictions se poursuivent (et dans laquelle il soutient qu'il n'a pas commis ces actes, mais qu'il les a subis involontairement). Ainsi, la paix

du héros jamais atteinte serait à l'origine du tragique dans
l'œuvre.

Dans tous les cas, Œdipe se retrouve anéanti, il souffre
d'une solitude profonde, qui ne le quittera pas dans *Œdipe
à Colone*.

JOCASTE

Jocaste est la sœur de Créon, la veuve de Laïos, la mère
et l'épouse d'Œdipe. Avec ce dernier, elle vit une union
heureuse et donne naissance à quatre enfants : Étéocle,
Polynice, Antigone et Ismène.

Jocaste est le seul personnage féminin qui prend la parole.
Dans l'œuvre de Sophocle, elle intervient à des moments
importants de l'intrigue. Elle joue un rôle dans le deuxième
rebondissement de l'intrigue, après l'annonce de Tirésias à
Œdipe : elle tente d'apaiser Œdipe quand il accuse Créon
d'être le fautif, mais ses propos plongent peu à peu son
époux dans le doute. C'est le détail du lieu du crime qui va
l'alerter :

> « JOCASTE – [...] Or Laïos, tout le monde le dit, a été tué par
> des étrangers, un jour, par des brigands à la fourche de deux
> grands'routes. [...]
> ŒDIPE – Qu'as-tu dit ? Quel désarroi, femme, tu viens de
> jeter dans mon âme, quel bouleversement dans mon esprit !
> [...] Ai-je bien entendu ? Laïos aurait été abattu à la fourche
> de deux grands'routes ? » (p. 49-50)

Se voulant rassurante, elle le guide dans la progression de

son enquête, ignorant la malheureuse conclusion. L'ironie tragique s'accentue au fil des questions qu'Œdipe lui pose, et auxquelles elle répond en toute honnêteté, car l'assassin avait le même âge que lui et lui ressemblait.

Jocaste est certes pieuse puisqu'elle prie les dieux, mais elle fait preuve de beaucoup de méfiance à l'encontre des oracles et des devins. Elle refuse de croire à leurs prophéties :

> « JOCASTE – Voilà donc ce qui te tourmente ? Eh bien, n'y pense plus : écoute-moi, et dis-toi bien que personne ici-bas, vois-tu, n'a le secret de la divination. [...] C'est pourtant ce qu'avaient spécifié les sentences des devins ; ne t'y arrête donc pas le moins du monde : quand c'est vraiment un dieu qui juge bon d'exiger quelque chose, il ne sera pas embarrassé de le faire voir lui-même. » (p. 49)

Quand elle entend les propos du messager, elle comprend la première qu'Œdipe est le coupable. Elle est horrifiée lorsqu'elle prend connaissance de ses péchés et ne trouve aucune autre issue à son malheur que la mort.

CRÉON

Créon est le frère de Jocaste. Son rôle dans *Œdipe roi* est très différent du roi intraitable qu'il incarne dans *Antigone*, une autre tragédie de Sophocle écrite plusieurs années auparavant. Au contraire, il est ici bienveillant et juste.

À son retour de Delphes, c'est lui qui, informé par l'oracle, annonce la présence d'un criminel dans la ville. Œdipe, en colère, l'accuse ensuite de l'assassinat du roi Laïos.

Finalement, lorsque la vérité éclate, Œdipe implore Créon de le chasser du royaume, ce à quoi ce dernier réagit avec une certaine pitié :

> « ŒDIPE – Que dis-je ? Dieux ! Oui… est-ce que je n'entends pas quelque part mes deux chéries qui sanglotent ? Créon a-t-il pris pitié de moi, m'a-t-il envoyé mes trésors chéris, mes deux petites filles ? Est-ce vrai ?
> CRÉON – C'est vrai. Oui, c'est moi qui t'ai ménagé cette joie : elle est à toi, j'avais deviné que cette idée te hantait. » (p. 95)

Dans le mythe, Créon régnera sur Thèbes après le départ d'Œdipe.

TIRÉSIAS

Le devin Tirésias est un vieillard aveugle qui détient la vérité, bien qu'Œdipe refuse de l'admettre dans un premier temps. Son rôle est avant tout symbolique : il a accès aux volontés divines, mais il est aveugle au monde sensible. En communiquant cette vérité à Œdipe, il lui transmettra également son infirmité. À l'opposé de Jocaste, Tirésias est l'intermédiaire entre les hommes et les dieux, mais il est effrayé par ce qu'il « voit » :

> « TIRÉSIAS – Hélas ! Quel terrible don que la clairvoyance, quand les clartés que l'on a se retournent contre vous ! Je le savais, certes ! Comment l'ai-je oublié ! Je n'aurais pas dû venir ! […] Je vois trop ce que tes paroles te préparent à toi-même de sinistre… Je ne veux pas t'accompagner dans cette voie… » (p. 23-24)

Il est l'élément déclencheur de l'intrigue, puisqu'il annonce

– non sans difficulté – à Œdipe qu'il est « le sacrilège vivant qui souille cette terre » (p. 25). Pourtant, le roi refuse de l'entendre.

LE MESSAGER DE CORINTHE

Le messager de Corinthe possède lui aussi une fonction instrumentale de premier ordre. Il permet à son tour de faire avancer l'intrigue, après Jocaste et Créon. Il est là pour informer les protagonistes de la mort de Polybe d'une part, et du fait que le roi de Corinthe n'était pas le vrai père d'Œdipe d'autre part. Ses révélations progressives vont précipiter la résolution de l'enquête.

LE CHŒUR

Le chœur représente les citoyens de Thèbes et la communauté humaine. Il est dirigé par le coryphée. Dans ses pièces, Sophocle a réduit l'importance du chœur, afin de laisser plus de place à l'expression des personnages individuels. Sa fonction est néanmoins essentielle : le chœur permet une continuité dans le récit, les chants faisant écho aux actions qui se déroulent. Il inscrit également, par ses interventions, l'action dans le passé mythologique.

Si dans un premier temps, le spectateur révolté cherche la culpabilité du côté des dieux, le chœur est là pour l'amener à calmer son ardeur par des chants célébrant la grandeur du divin.

ANALYSE DES THÉMATIQUES

LA SOURCE MYTHOLOGIQUE DE L'*ŒDIPE ROI*

Les Labdacides

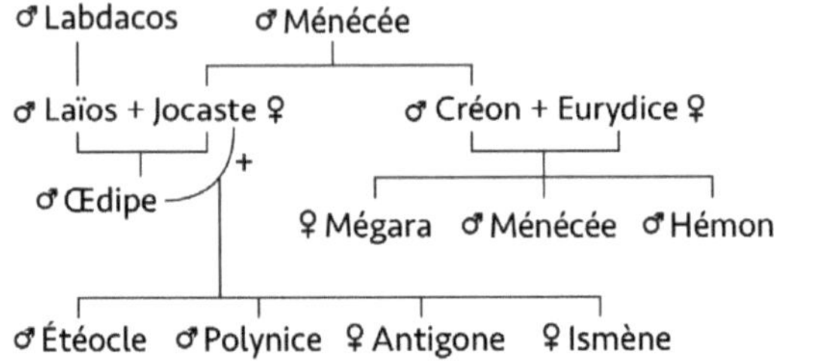

Les Labdacides sont les descendants de Labdacos, petit-fils de Cadmos, fondateur légendaire de Thèbes. À l'origine, Laïos, fils de Labdacos, s'éprend de Chrysippe, un jeune garçon à qui il apprend à conduire un char ; l'acte de pédérastie auquel Laïos s'adonne avec Chrysippe provoque alors sa malédiction par Apollon, sur lui-même ainsi que sur toute sa descendance. Il épouse ensuite Jocaste, mais l'oracle leur interdit d'avoir un enfant, car le roi risquerait de mourir de la main de son fils et de causer ainsi la perte de Thèbes. Ils donnent pourtant naissance à Œdipe, qui se retrouve chez Polybe, le roi de Corinthe. La malheureuse prophétie finit malgré tout par se réaliser. C'est à partir de ce moment que le récit d'*Œdipe roi* commence.

Par rapport à Eschyle, qui avait traité la même histoire, Sophocle met en scène des personnages plus humains. Il laisse moins de place aux apparitions divines, bien qu'elles aient une voix à travers certains protagonistes qui agissent comme des représentants des dieux. Il existe bien des forces mystérieuses, mais elles ne sont pas visibles. Au contraire de ses prédécesseurs, Sophocle s'intéresse plus à la démesure psychologique de ses personnages ; il leur confère une certaine force de caractère qu'on peut déduire de leurs actes. Il les confronte ainsi à diverses impasses morales. Ces situations complexes provoquent le sens tragique de son travail.

L'HOMME FACE À LA FORCE DIVINE

La tragédie de Sophocle est avant tout humaine. L'homme n'est plus, comme dans les œuvres des siècles précédents, une victime passive des exigences divines. Certes, les dieux sont toujours présents, mais ils se manifestent moins ou se révèlent via des intermédiaires tels que les oracles ou le devin Tirésias.

L'homme dispose donc d'une grande liberté dans ses actes, mais il endosse désormais aussi une large part de responsabilités. En fait, Sophocle place une dimension divine dans l'ordre moral. L'être humain étant doté d'une force de caractère et de raisonnement, il est capable de discerner le bien et le mal et de se comporter selon sa conscience. Puisqu'ils possèdent cette conscience, les personnages, bien qu'humains, se rapprochent presque des dieux. C'est à partir de cette nouvelle approche de l'homme que Sophocle amènera le sentiment tragique, et c'est en cela qu'il se différencie d'Eschyle et d'Euripide.

Œdipe, roi respecté, traverse les épreuves du destin et accède à un statut de héros par sa force morale. Tous les éléments de départ concourent à souligner sa grandeur. Son caractère est admiré par les habitants de Thèbes, qui placent en lui leurs espoirs, comme le manifeste cette réplique du prêtre :

> « LE PRÊTRE – Si nous nous agenouillons devant ton foyer, ce n'est pas que nous te mettions au rang des dieux [...], mais nous voyons en toi un homme qui n'a pas son égal ici-bas dans les passes difficiles de la vie, et pour désarmer les puissances surnaturelles. C'est toi qui as aboli, en arrivant à Thèbes, l'impôt que levait sur nous le Sphinx. Nous ne t'avions fourni pourtant ni informations ni directives plus amples qu'à tout autre : mais le Ciel te donna son appoint – on le dit et on le pense – pour régénérer notre destin. » (p. 8)

Le sentiment du tragique se situe à la croisée de cette vaste liberté et du destin du protagoniste : alors qu'il vit une existence paisible, qu'il se comporte en souverain responsable et juste, un malheur dont il n'avait pas connaissance, et auquel il ne peut échapper, vient le frapper soudainement lorsque ses fautes ressurgissent du passé. Ce ne sont d'ailleurs pas ces actions qui sont importantes dans la tragédie, ni même le sort d'Œdipe après l'horrible découverte, mais bien sa prise de conscience et le désespoir dans lequel il se retrouve plongé.

L'ensemble de l'intrigue ne repose pourtant pas uniquement sur la fatalité : Œdipe est aussi victime de son erreur, de son orgueil et de sa violence lorsqu'il a tué son père. Il y a donc toujours un aller-retour entre le hasard et la faute de l'homme. L'idée d'ironie tragique est aussi intéressante : le spectateur sait déjà dès le départ ce qui attend le héros, alors que lui ignore, jusqu'au dénouement final, qu'il est la cause de son propre malheur.

LA VUE, LA LUMIÈRE ; LA CÉCITÉ, L'OMBRE

Dans *Œdipe roi*, la question du regard est très importante. Le devin Tirésias est une figure emblématique dans cette opposition entre la lumière et l'ombre, entre la vue et la cécité. La vérité divine, semblable à une lumière intérieure que le prophète perçoit, n'a pas besoin d'être vue par les yeux. À l'inverse, Œdipe est au départ aveugle en ce qui concerne son destin, mais c'est l'acquisition progressive de cette clairvoyance qui le pousse finalement à se crever les yeux pour ne plus voir le monde réel.

On peut apprécier cette dichotomie entre la lumière et l'ombre qui s'opère jusque dans le lexique utilisé. Ainsi, Œdipe s'exclame, à propos de l'enquête qu'il va mener : « Eh bien, moi, je remonterai aux racines ! Là aussi je ferai la lumière ! » (p. 13) Le champ lexical de la lumière, pris dans une opposition avec celui de la nuit, désigne aussi immanquablement les dieux qu'on implore. Dans le chœur, on peut par exemple lire :

> « LE CHŒUR – Quand la nuit se lasse, le jour
> Vient achever l'œuvre de mort !
> Ô toi, maître et seigneur des éclairs flamboyants,
> Zeus notre Père ! Envoie ta foudre, écrase-le ! » (p. 17)

Toute la pièce est également parcourue par le thème de la mort, qui se mêle souvent à une certaine forme de condamnation. La vie du héros elle-même repose sur un paradoxe : « Ce jour t'apportera ta naissance et ta perte » (p. 30), lui affirme Tirésias.

Dès le prologue, la ville de Thèbes est plongée dans la douleur et dans l'angoisse provoquée par la grande peste. Œdipe apparaît dans un premier temps comme le héros qui vient délivrer le peuple de cette malédiction : « C'est leur deuil à eux qui m'accable, plus que s'il s'agissait de ma propre vie. » (p. 10)

La question de la mort est surtout soulevée autour du meurtre de Laïos : la quête d'Œdipe est de retrouver le ou les assassin(s) de son père. C'est tout le peuple qui est menacé : « Dites-vous bien que j'irai jusqu'au bout. Oui, nous réussirons [...] ou bien nous périrons. » (p. 14) Le mystère doit donc nécessairement être levé. Et les sanctions sont sévères : les coupables seront mis à mort ou chassés du territoire sur-le-champ. Créon est d'ailleurs menacé de cette punition par son beau-frère, sans en être impressionné : « Et puis s'il s'avère que j'ai monté une manœuvre en complicité avec le voyant, fais-moi mettre à mort : ta voix ne sera pas seule à me condamner, j'y joins d'avance la mienne, et je me livre à toi. » (p. 41)

Au cours de l'investigation d'Œdipe, la vie d'autrui est aussi source d'inquiétude. Apprendre que celle qu'il croit être sa mère, Mérope, est toujours en vie, le tracasse : « Tout cela serait bel et bon, si ma mère n'était plus en vie ; mais comme elle est vivante [...], il est de toute nécessité que je garde des craintes. » (p. 64)

En découvrant la vérité, Œdipe est confronté à la terrible contradiction de son infortune, il est tiraillé entre la vie et la mort : « Ô lumière, pour la dernière fois puissé-je aujourd'hui élever vers toi mes regards, moi dont il s'est révélé que je suis né de ceux dont c'était un crime de naître, que je vis avec celle que c'était un crime d'approcher, que j'ai tué celui que c'était un crime de tuer ! » (p. 81-82)

Enfin, la pendaison de Jocaste participe au dénouement inévitable et tragique de la malédiction. Si, au début de la pièce, Œdipe avait pour mission de libérer son peuple, c'est en se condamnant à son tour qu'il affranchit Thèbes de la prophétie. Sa cité est sauvée alors qu'il se perd lui-même.

L'ERRANCE

Œdipe est un personnage qui ne cesse de voyager, qu'il agisse volontairement ou non. Héros en exil et solitaire, il ne trouvera jamais le repos à cause de la malédiction dont il est victime.

Enfant, il est d'abord emmené à Corinthe, loin de Laïos et de Jocaste. Il pense grandir là aux côtés de ses parents naturels. Un jour, épouvanté à l'idée d'assassiner son père selon les mauvais présages de l'oracle, il décide de se retirer jusqu'à Thèbes, où le calme ne dure pas longtemps avant que le malheur ne s'abatte sur la population. Finalement, une fois le mystère élucidé, c'est Œdipe qui implorera Créon de l'expulser de la cité : « Jette-moi dehors de ce pays, au plus vite, quelque part où je ne trouve plus âme qui vive pour m'adresser la parole ! » (p. 93) Comme l'indiquent les autres récits qui le mettent en scène, il se retrouvera à Colone par la suite et finira par disparaître dans la nature.

À Thèbes, la question de l'exil revient avec les différents suspects, au fil des recherches du roi Œdipe. « Que tous le chassent de devant leur demeure » (p. 20), réclame-t-il. Il désire bannir Tirésias, Créon puis le vieux berger ; pourtant, le devin l'a mis en garde : « Je me retire, mais je te laisse la réponse pour laquelle je suis venu. [...] En vérité, je te le dis, cet homme que tu cherches depuis quelque temps, en faisant des proclamations comminatoires sur le meurtre de Laïos, cet homme est ici. Il passe pour un étranger, un im-migré, mais son origine se révélera : il est authentiquement thébain. » (p. 31-32)

Les déplacements ont bien une valeur symbolique dans la pièce. En réalité, Œdipe cherche à fuir sa propre identité, vi-vement encouragé par Jocaste lorsqu'elle prend conscience de l'inéluctable.

STYLE ET ÉCRITURE

LE STYLE D'ÉCRITURE DE SOPHOCLE

Œdipe roi est l'œuvre de Sophocle qui se rapproche le plus de la conception moderne de l'intrigue, avec le ménagement d'un effet de surprise, une progression, des péripéties et un dénouement ; ces éléments sont moins développés dans ses autres tragédies.

La pièce a des airs d'une enquête policière moderne : Œdipe est comme le détective qui interroge chaque personne autour de lui, jusqu'au retournement de situation final. La progression dramatique amène aussi une tension grandissante dans les émotions provoquées, sans verser dans l'exagération.

Dans les tragédies grecques, les dialogues sont composés de répliques très courtes ainsi que de tirades, que l'on peut retrouver dans l'œuvre de Sophocle. Les discours plus étendus commencent dès le prologue : celui-ci s'ouvre sur les paroles d'Œdipe et sur les longues supplications du prêtre pour lever la malédiction qui vient de tomber sur Thèbes. La rapidité – angoissante – des enchaînements dans l'interrogatoire final auquel procède Œdipe est un choix réfléchi, afin que les différents coups assénés au héros ressortent avec plus d'éclat. Le rythme ralentit avec l'issue de l'enquête ainsi que les réactions dramatiques de Jocaste et d'Œdipe, ce qui nous ramène aux longues tirades de complaintes.

L'auteur utilise des tournures simples et naturelles, ainsi

qu'un style ferme à l'image des caractères de ses personnages. Le ton utilisé dépend d'ailleurs des sentiments et des personnages qui les expriment. Par ailleurs, Sophocle joue parfois sur l'ambiguïté du référent dans un discours : la portée de certaines répliques dépasse parfois le cadre du dialogue avec un interlocuteur, de manière à suggérer quelques enseignements au public. Par exemple, les propos de Créon cherchant à se défendre face à Œdipe ont ici des allures sentencieuses :

> « Ne t'hypnotise pas sur un vague soupçon pour m'accuser. Il y a injustice à intervertir à la légère les idées qu'on se fait des gens, méchants et bons, bons et méchants. Rejeter un ami sans reproche, je te le dis : c'est comme s'amputer de sa propre vie, de ce qu'on a de plus cher. Avec le temps, tu connaîtras ce qu'il en est exactement de cette affaire, car l'innocence ne s'éclaire qu'avec le temps, s'il suffit d'un seul jour pour démasquer la perfidie. » (p. 41)

Plus encore que les personnages, le chœur (par le commentaire qu'il donne des parcours individuels des personnages) se livre à des réflexions plus générales à propos de l'homme :

> « Démesure fait germer tyrannie !
> Démesure qui, amplement gavée
> d'incartades et de chimères,
> ne prend pied en haut du pinacle
> que pour culbuter dans l'abîme
> d'un inévitable désastre,
> jarrets coupés, désemparée !
> Mais quand un homme lutte ardemment, noblement
> pour son pays, que rien jamais ne le désarme ! » (p. 57)

Les traductions de l'œuvre font obstacle à une appréciation complète des vers rigoureusement choisis par Sophocle, mais on remarque dans les textes originaux un travail sur le jeu des syllabes (allitérations), typique de la tragédie grecque. Enfin, on ne trouve pratiquement, chez l'auteur, que du dialogue, sans que des passages narratifs ne soient intercalés.

LA DIVISION DE LA PIÈCE

Le découpage de la pièce en actes et en scènes tout comme l'usage des didascalies n'existaient pas encore. Toutefois, *Œdipe roi*, comme les autres tragédies grecques de l'époque, est divisé en plusieurs parties qui alternent chants et dialogues. Dans le cas présent, l'auteur a soigneusement fractionné le texte au regard de la progression du récit.

Le prologue entame la pièce, il amorce le récit en exposant les faits et se clôture avec la *parodos*, l'entrée du chœur. Le prologue correspond à un premier acte, auquel viendront répondre les trois épisodes suivants, entrecoupés par le chant des chœurs (*stasimon*), et l'*exodos*, dernier chant du chœur qui marque le dénouement de la pièce. Traditionnellement, la *parodos* est toujours plus longue que le prologue ; elle amène de cette façon l'intensité dramatique à son paroxysme.

- Prologue : vers 1 à vers 150
- *Parodos* (entrée du chœur) : vers 151 à vers 215
- Premier épisode : vers 216 à vers 462
- Premier *stasimon* du chœur : vers 463 à vers 511
- Deuxième épisode : vers 515 à vers 862
- Deuxième *stasimon* du chœur : vers 863 à vers 910
- Troisième épisode : vers 911 à vers 1185
- Troisième *stasimon* du chœur : vers 1186 à vers 1222
- *Exodos* : vers 1223 à vers 1530

Dans cette pièce, l'entrée du chœur est constituée de trois strophes auxquelles répondent respectivement trois antistrophes.

Une strophe et son antistrophe ont ainsi la même structure métrique ; elles traitent les mêmes thèmes dans le même ordre. Les ressemblances qui existent entre les strophes et les antistrophes s'opèrent tant dans la chorégraphie du chœur que dans le sens du texte. Les *stasimons* sont découpés en deux strophes et deux antistrophes.

Des séquences chantées peuvent aussi survenir durant une partie dialoguée ; par exemple, le troisième épisode d'*Œdipe roi* fait intervenir un hyporchème, c'est-à-dire un chant du chœur consacré à Apollon, accompagné de danse, de chants et de gestes de pantomime.

Dans les chants du chœur, qui sont des odes en vers plus complexes, le style est adapté en fonction de l'émotion exprimée. Ainsi, au début de la pièce, le chœur se lamente à propos de la peste et de la vague de morts qu'elle emporte avec elle :

> « LE CHŒUR – Ces pertes sans nombres épuisent
> La cité ; on abandonne
> Sans les pleurer, sans les plaindre,
> Les corps gisant sur le sol
> Où ils propagent la mort » (p. 16)

Plus loin, lorsqu'on apprend que le criminel est à Thèbes, c'est avec ardeur que le chœur déclame :

> « Quel est-il donc, celui qu'a désigné
> l'oracle du rocher delphique,
> le criminel
> dont les mains sont ensanglantées d'un crime
> entre tous innommable ?
> L'heure a sonné pour lui d'une fuite plus prompte
> que le galop des chevaux de l'orage,
> car le fils de Zeus tout en armes
> se rue avec ses flammes et ses foudres [...] » (p. 33)

LA RÉCEPTION D'*ŒDIPE ROI*

UNE FIGURE MYTHIQUE

De tout temps, le personnage d'Œdipe fascine. Depuis les premières transcriptions du mythe jusqu'à aujourd'hui, il fait l'objet de parodies, d'adaptations musicales et cinématographiques, de réinterprétations, etc. On trouve les premières traces de ce personnage dans *L'Odyssée* et dans *L'Iliade* d'Homère. Au premier siècle après J.-C., Sénèque (philosophe et dramaturge romain, entre 4 av. J.-C. et 1 apr. J.-C.-65) propose sa propre tragédie, *Œdipe*, une version plutôt violente pour l'époque. Bien plus tard, Jean Cocteau (poète, dramaturge et cinéaste français, 1889-1963) reprend avec humour, dans *La Machine infernale*, les éléments du mythe œdipien.

Déjà en son temps, Sophocle est un dramaturge très apprécié. Entre toutes les autres, sa tragédie *Œdipe roi* est une pièce qui ravit par ses innovations et par son traitement original du sujet.

UNE TRAGÉDIE EXEMPLAIRE

Près d'un demi-siècle après la mort de Sophocle, dans son traité intitulé la *Poétique* (vers 335 av. J.-C.), Aristote prend *Œdipe roi* comme modèle idéal de tragédie. Le philosophe y observe la formidable mise en scène d'émotions tragiques telles que la pitié ou la crainte. Il s'enthousiasme aussi pour la finesse de l'intrigue menée jusqu'à son terme.

Selon lui, l'art doit imiter la nature. Et, justement, la tragédie représente le réel en mettant en scène des personnages qui agissent (*mimêsis*) ; il s'agit d'une imitation directe de la réalité, contrairement à la narration d'un récit (*diégésis*), comme l'épopée, qui n'est que descriptive. Elle suscite de violentes émotions, ce qui permet ainsi la purgation des passions de même nature (*catharsis*). D'après Aristote, si la tragédie est un genre noble qui peut éduquer le peuple, *Œdipe roi* en est le parfait exemple.

LA TRAGÉDIE AU XVIIᵉ SIÈCLE

Au XVIIᵉ siècle, les grands dramaturges redécouvrent la *Poétique* d'Aristote et s'inspirent beaucoup de la tragédie grecque ; ses personnages héroïques, son équilibre, son ancrage mythologique séduisent les plus grands écrivains, tels que Jean Racine (dramaturge et poète français, 1639-1699) ou Pierre Corneille (dramaturge et poète français, 1606-1684). Ce dernier s'inspire d'*Œdipe roi* de Sophocle et d'*Œdipe* de Sénèque pour écrire sa propre version du mythe en 1659. Plus proche de Sénèque, il y introduit les personnages de Thésée, prince d'Athènes, et de Dircé, fille de Laïos et de Jocaste, sœur d'Œdipe et amante de Thésée. Corneille débarrasse la pièce des scènes qu'il estime trop choquantes pour le public.

Œdipe de Voltaire

Au XVIIIᵉ siècle, le mythe est repris par Voltaire (écrivain et philosophe français, 1694-1778) dans sa toute première pièce, *Œdipe* (1718), une tragédie en cinq actes avec des chœurs, alors qu'il n'a encore que 24 ans. L'originalité de sa version réside dans le fait qu'il remplace le devin Tirésias par un Grand-Prêtre dépourvu d'ancrage mythologique et qu'il rend le personnage de Jocaste à la fois plus présent et plus immoral. La reine est désormais aimée de Philoctète, un héros respectable, célèbre dans la mythologie pour avoir enduré une terrible blessure au pied ; le personnage n'occupe toutefois qu'une fonction de moindre importance dans cette pièce. De manière générale, le sentiment de honte face à l'inceste et au parricide est remplacé par le rejet des forces divines. Par ailleurs, c'est à Voltaire que nous devons l'actuelle division en actes opérée dans l'*Œdipe roi* de Sophocle, que nous pouvons retrouver aujourd'hui dans les différentes éditions modernes.

La psychanalyse et le « complexe d'Œdipe »

Dans ses premiers travaux sur le psychisme humain, Sigmund Freud (médecin autrichien, fondateur de la psychanalyse, 1856-1939) s'inspire du mythe d'Œdipe pour élaborer un paradigme psychanalytique fondamental. Selon le « complexe d'Œdipe », l'enfant aux alentours de sa quatrième année est saisi d'un double sentiment : il ressent d'une part un amour incestueux, un désir libidinal pour sa maman et, d'autre part, une haine à l'égard de son père, perçu comme un rival qui vient entraver la réalisation de ce désir. Dans *Œdipe roi*, Freud juge symptomatique la réaction de Jocaste, qui tente de dissuader son fils de connaître la terrible vérité : « Pourquoi s'effrayer ? Quand on est un homme, on est sous la main du destin [...] Ne t'effraie pas à l'idée d'épouser ta mère : on a souvent vu, ici-bas, des gens partager, en rêve, le lit maternel. » (p. 64) Selon le psychanalyste, cette tirade de Jocaste révèle le désir incestueux des fils envers leur mère.

Il affirme ainsi que le complexe d'Œdipe revêt une importance centrale dans la compréhension psychanalytique des névroses. Le renoncement à ce double désir est nécessaire pour le passage à l'âge adulte ; sinon, il y a un risque de voir se développer la névrose. Ce concept sera largement étudié par la suite : Jacques Lacan (psychanalyste français, 1901-1981), par exemple, réinvestira le complexe d'Œdipe pour lui donner une dimension plus symbolique.

L'*Œdipe roi* de Pasolini

En 1971, Pier Paolo Pasolini (écrivain et réalisateur italien, 1922-1975) réalise une adaptation cinématographique d'*Œdipe roi* (*Edipo re*) demeurée célèbre.

Tout d'abord, sa construction est assez originale : des scènes de l'Italie contemporaine encadrent, sous forme de prologue et d'épilogue, le récit principal qui se déroule dans la Grèce antique. Le spectateur est témoin de l'abandon du bébé dans la montagne, de l'oracle à Delphes, du meurtre du père et de son escorte, du Sphinx et de l'arrivée d'Œdipe à Thèbes, levant ainsi la malédiction sur la ville. La suite du récit que nous connaissons est représentée jusqu'à la pendaison de Jocaste et la punition que s'inflige Œdipe.

Le tragique de la pièce est contrebalancé dans le film par une dimension comique, presque ironique. Les personnages perdent leur aura prestigieuse : Œdipe est instable, triche au lancer du disque, se mord sans cesse la main, trahissant là une peur panique, ou bien encore se met à courir impulsivement en tous sens.

Durant tout le film, un soin particulier est apporté à la musique. Outre les mélodies d'arrière-plans qui rythment le récit, on voit à plusieurs reprises des citoyens se réunir en chœur pour chanter. Enfin, le devin Tirésias est aussi un joueur de flûte : Œdipe en jouera à son tour lorsqu'il se sera crevé les yeux.

Tout comme dans la tragédie grecque, les scènes violentes sont à peine représentées : le parricide, les meurtres, la pendaison, les blessures surviennent en dehors du champ de la caméra, le spectateur n'y assiste que très vaguement. Par ailleurs, les costumes sont très présents, sans doute dans un souci de rappeler l'importance du travestissement et des masques lors des représentations à l'époque des tragiques grecs.

Le personnage de l'enfant de l'époque moderne de la première partie du film est mis en parallèle avec celui du mythe d'Œdipe, suggérant de cette façon les désirs œdipiens intemporels qui surgissent pendant l'âge tendre.

Affiche du film italien *Edipo re*.

Parce qu'il est indémodable et riche, le mythe d'Œdipe continue d'émerveiller le public. La célèbre légende, comme tant d'autres épisodes mythologiques, est une source d'inspiration intarissable.

Votre avis nous intéresse !
Laissez un commentaire sur le site de votre librairie en ligne
et partagez vos coups de cœur sur les réseaux sociaux !

BIBLIOGRAPHIE

SOURCES BIBLIOGRAPHIQUES

- Bonnard (André), *Civilisation grecque. D'Antigone à Sophocle*, Paris, Éditions Complexe, 1991, 546 p.
- Brisson (Luc), « Tirésias, entre deux mondes », in *Le Point. Références*, n° 64 « La Grèce et ses dieux », juillet-août 2016, Paris, Le Point, 114 p.
- Chemama (Roland), dir., *Dictionnaire de la psychanalyse*, Paris, Larousse, 1995, 356 p.
- Cuny (Diane), « Les réflexions générales dans le théâtre de Sophocle », in *L'information littéraire*, vol. 55, n° 1, 2003, p. 16-22.
- De Romilly (Jacqueline), *La tragédie grecque*, Paris, Presses universitaires de France, 1970, 192 p.
- De Romilly (Jacqueline), *Pourquoi la Grèce ?*, Paris, Éditions de Fallois, 1992, 320 p.
- Dubarry-Sodini (Christine), *Étude sur Sophocle. Œdipe roi*, Paris, Édition Marketing, coll. « Résonances », 1994, 96 p.
- Durant (Will), *Histoire de la civilisation. La vie de la Grèce II. L'Âge d'or*, Paris, Éditions Rencontre, 1962, 376 p.
- Freud (Sigmund), *Introduction à la psychanalyse*, Paris, Éditions Payot, [1922] 1961, 448 p.
- Freud (Sigmund), *L'interprétation des rêves*, Paris, PUF, 1956.
- Hamilton (Edith), *La mythologie. Ses dieux, ses héros, ses légendes*, Paris, [1978] 1997, 450 p.
- Josserand (Charles), *Sophocle – Œdipe roi*, Liège, H. Dessain, 1960, 212 p.
- Petitmangin (Henri), *Histoire sommaire de la littérature*

grecque, Paris, Éditeur J. De Gigord, 1961, 182 p.

- RONNET (Gilberte), « Le sentiment du tragique chez les Grecs », in *Revue des études grecques*, t. 76, fasc. 361-363, juillet-décembre 1963, p. 327-336.
- SOPHOCLE, *Œdipe roi*, Paris, Le Livre de Poche, 1994, 142 p.
- « Sophocle », in *Encyclopédie Larousse*, consulté le 13 juin 2016, http://www.larousse.fr/encyclopedie/personnage/Sophocle/144853
- WATTERSTEIN (Abraham), « Réflexions sur deux tragédies sophocléennes : "Œdipe roi" et "Œdipe à Colone" », *Bulletin de l'association Guillaume Budé*, n° 2, juin 1969, p. 189-200. http://www.persee.fr/doc/bude_0004-5527_1969_num_1_2_3052
- WEBSTER (T.B.L.), « Le théâtre grec et son décor », in *L'antiquité classique*, vol. 32, n° 2, 1963, p. 562-570.

SOURCES COMPLÉMENTAIRES

- FREUD (Sigmund), *L'Interprétation du rêve*, Paris, PUF, 2012, 756 p.
- HÖLDERLIN (Friedrich), *Remarques sur Œdipe. Remarques sur Antigone*, traduction et notes par François Fédier, Préface par Jean Beaufret, Paris, Union générale d'éditions, 1965, 192 p.
- JOUANNA (Jacques), *Sophocle*, Paris, Fayard, 2007, 912 p.
- VERNANT (Jean-Pierre), *L'univers, les dieux, les hommes. Récits grecs des origines*, Paris, Seuil, 1999, 248 p.
- VERNANT (Jean-Pierre) et VIDAL-NAQUET (Pierre), *Mythe et tragédie en Grèce ancienne*, Paris, La Découverte, 1986, 302 p.

ADAPTATION

- *Œdipe roi*, film de Pier Paolo Pasolini, avec Franco Citti, Silvana Magano et Alida Valli, Italie, 1967.

SOURCES ICONOGRAPHIQUES

- Buste de Sophocle, copie romaine d'un original grec du IIIe siècle av. J.-C. La photo reproduite est réputée libre de droits.
- Affiche d'*Œdipe Re* de Paolo Pasolini. La photo reproduite est réputée libre de droits.

Éditeur responsable : Lemaitre Publishing
Avenue de la Couronne 382 | BE-1050 Bruxelles
info@lemaitre-editions.com

ISBN ebook : 978-2-8062-7556-1
ISBN papier : 978-2-8062-7557-8
Dépôt légal : D/2017/12603/97
Couverture : © Lisiane Detaille.

Conception numérique : Primento,
le partenaire numérique des éditeurs.